銀河俳句叢書 1

花投ぐ日

齊藤保志 句集

Saito Hoshi

コールサック社

句集

花投ぐ日

目次

句集

花投ぐ日

齊藤 保志

I

路地裏

二〇〇八年

路地裏にパン焼くかをりさくら草

水仙や波多野睦美の歌流る

大病も離婚も糧と春の友

橋の上きらきらと蝶縺れゆく

鮎釣りの竿の先なる山高し

ふるさとの山引き寄せて冷奴

節くれの指間こぼれて山清水

逆さ富士さつと崩して秋の風

母よりの柿部屋中に陽の匂ひ

残照に雪燃ゆ如き祖国かな

園児らの声銀杏と共に降る

団栗の温みをくれし子のありて

Ⅱ

竿竹の売り声

二〇〇九年

うからとは優しきものぞ雑煮餅

元朝に母の揺り椅子引き出して

手水舎の水満々と初詣

竿竹の売り声長し春の風

柘植の木の芽吹き確かに母の墓

薫風をまつすぐ入れて厨ごと

古伊万里に豆腐掬いて風薫る

佃島舫ひの舟に走り梅雨

朝採りをぱりりと噛みて青簾

担ぎ手の脛皆ながく大神輿

潮風のまづくぐりゆく茅の輪かな

空押して押して背伸びの立葵

参道に心意気売る鬼灯屋

戦後てふ言葉知らぬ子とんぼつり

黙祷の背中を打てり蟬しぐれ

海原になむあみだぶつ夏落暉

千粒に波の砕けて夕月夜

面取ればあかあかと里神楽

柿食めば一口ごとに陽の匂ひ

先客に寒月ありて露天風呂

Ⅲ

一壺天

二〇一〇年

初空を鯨のごとく飛行船

何事もなきを祝いて雑煮の座

初暦母の忌日を先づ記し

凍堂にしかと続ける二河白道（にがびゃくどう）

ざくざくと音取り出して焼芋屋

黄砂来るタクラマカンの色連れて

電線のつばめにもある間合かな

寺の磴下り来し風や緑立つ

仕込み味噌八十八夜を一壺天

的向けて走れる矢羽柿若葉

囚はれの身を楽しめる金魚かな

緑青の屋根茫々と梅雨深し

髪切りてくるりと回す夏帽子

諍ひのふたりの横の金魚かな

献体と告ぐる瞳や星月夜

誓ひしは六日八時ぞ夾竹桃

向日葵の中にうつむくものありて

子には子の担ぎ方あり秋祭

七日めの蟬決然と空に飛ぶ

つまよりの紅葉一葉栞とす

赤とんぼ墓苑の水に尾を打ちて

全天の青きを背負ひ大根引く

吊り橋を紅葉吹雪の渡り来て

黒枠の便りぽつりと寒雨かな

流れ来ていづくともなく冬の蝶

鉄橋の影固まりて冬の川

冬天に鳶の呉れたる二重丸

大欅立つ冬天を画布として

ゆずり葉の落ちて諍ひ絶えぬ星

鑿跡の粗き仏や寒に入る

Ⅳ

雛の深呼吸

二〇一一年

己が身をすべて曝して冬木立

友ゐると賀状老人ホームより

幼子の抱かれて海の初茜

おつかあと闇に一声寒鴉

病室の隅明るうし水仙花

いちどきに生きものの吐きて山笑ふ

ギフチョウの蛹くびれて春立ちぬ

薄紙を解かれて雛の深呼吸

白粉に春の匂ひや楽屋口

深呼吸してゐる春のなゐのあと

薄き日をかたくりの花分け合うて

ゆく川に言の葉こぼし雪柳

それぞれの匂ひありたる木の芽風

花馬酔木水琴窟に垂れかかり

ランドセル少し膨らみ柿若葉

思惟仏や泰山木の花明り

鏑矢を鬼門に放ち夏袴

半纏の文字の跳ねゆく夏祭

平家琵琶聞こえ卯の花腐しかな

警策の肩打つ音や青嵐

鯉の腹黄に輝きて柿若葉

「小石丸」てふ夏蚕宮居に食める音

神田川青大将の泳ぎゐる

太極拳正中線に南風(はえ)受けて

向日葵に正視されたるゴッホの目

梵鐘の静寂てふ音半夏生

楼門に赤らむ仁王蜘蛛の糸

阿弥陀堂裏を栖(すみか)となめくぢら

楼門の奥に浄土や夏木立

緑陰の風半眼の佛より

正直にけふを生きたり花槿

熟寝せる子に夢送る絹団扇

蟬生れて七日ほどなる大宇宙

赤とんぼ群れ来て雨後の潦（にはたづみ）

給はりし金平糖や星月夜

瀞ゆける船に乗り込む蟬しぐれ

江ノ電を大きく揺らす日焼の子

静やかに色満ち来る羽化の蟬

瞳まづ瞳の色や蟬生るる

八月や捕虜のゐたてふ平和島

秋澄むや風車は銀の風を生み

白銀のパンパグラスや鰯雲

赤子抱く手の節くれや秋茜

身に入むや父の遺せし応召記

身に入むや棚の隅なる資本論

母の背に音なく秋の深まれり

さざんかのこぼれていよよ花になり

大鷹の闘ふ前はしづかなり

経堂に軋む輪蔵暮の秋

乳切ると言ふ人の来て神無月

放棄田の畦の狭まり女郎花

骨拾ふ真白き箸や夕時雨

小春日やのど自慢鳴る散髪屋

道ゆける影の膨らみ冬に入る

縄文の土器に染みたる炉辺の跡

夕さりの風雪吊りの中にをり

寒鰤や怒濤の色を跳ねあげて

冬ぬくしバスに乗りくる車椅子

息合はす大縄飛びや山跳ねる

赤き糸手繰りてみたき寒昴

痛いかと父のバリカン年用意

V

暮六の匂ひ

二〇一二年

襟立ててラガーシャツ着る古希の計

鉛筆に肥後守当て二日かな

探梅や影まろまろと力石

笊に乗る薄焼卵春隣

春立つや胸の火種を吹いてみる

子の耳に春の囁き糸電話

焼芋屋若き女の声で呼び

火の縁を叩ける野焼入り日雲

一望の村眠らせて桃の花

小流れを囃す如くに土筆の子

啓蟄や袋洩れ来る種の声

大漁旗男の背なに涅槃西風

一村に静寂落して鶴帰る

草餅や母と摘みにし野の匂ひ

石階(きざはし)の上の神より春の風

名水を犬に掬いて木の芽風

木の瘤を溢れて花の二つ三つ

パンダから薫風吹けり象舎まで

ばりばりと草加煎餅夏来る

中空に迷路ありたりつばくらめ

田に映る山をのぼりて蝌蚪の群

我なりにまつすぐ来たとかたつむり

虎が雨父の眠りし島を見ず

幾重にもひかり畳みて薔薇の花

逝きし子の訪ひくる音や青梅落つ

簎(やす)先の鮎との間合決まりけり

「考える人」をなめゐるかたつむり

唐丸を鳴き合はせたり梅雨晴間

糞落とす馬の眼の涼しさよ

万緑を統べて静もる地蔵堂

もののふの塚に高々ほととぎす

暮六の匂ひに魅かれ夜店かな

炎昼や坂東太郎の深眠り

船虫の明るく散りて日照雨

帰農せる友のたうきび届きたり

爪立ちのやぶらんの花夏惜しむ

かなかなや笑ふことなどあるらしき

水底に眠る一村天の川

ひとひらの白さも終の蓮(はちす)かな

手も脚も伸びて健やか盆踊

葬列に付きて萩より白き風

満月のひかりの音か五十鈴川

満月や森は静寂をふくらませ

月光を返し波打ついらかかな

口動く無声映画の夜長かな

流鏑馬の矢羽の白さ山紅葉

金色の風の中より柿捥げり

身を投げて守るものあり敷松葉

なにもかも知らぬふりして炬燵猫

野火止の土の匂ひや大根ひく

木洩れ日のうすきひかりや冬の蝶

白鳥の夕日抱へて舞ひ降りぬ

路地裏に子の声弾け花八手

黒豆の夜を吸ひあげて年用意

歩かふかこの身透くまで冬木立

護摩焚きのねぶとき声や夕時雨

裸木に千手観音おはします

み仏をそつと拭いて年一夜

西方に浄土の匂ひ春の風

Ⅵ

父眠る島

二〇一三年

羊羹の色濃く濡れて春の夜

垂(しず)り落つ光の音や春の雪

子の手より盃なみなみと年酒かな

野水仙海の力に真向かへり

引き潮の砂這ふ音や桜貝

春の雪おりゆく先は占師

四方八方戸を開け放ち女正月

火の山に煙うすかり紅椿

雨ふらば賢治とあるく春野かな

とびかたを風に教はり初蝶来

勤行に射し込む光余花白し

セロ弾きのゴーシュとゐたり花の夜

小銭乗る仏足石に花吹雪

散り初めし一木を得し花筵

梅干しのけふの顔して並びをり

花散れば身に降りそそぐ光とも

散り寄りし花の小山の温みかな

軍港の水脈黒々と青嵐

訛りある友の電話のあたたかし

白雲を放ちたる山麦の秋

葉脈を伝ふ一滴走り梅雨

やはらかく人波わけて初蝶来

いまだ見ぬ父眠る島梅雨の蝶

緑陰に夢二の墓標ぬれてをり

夕風を白く滲ませ半夏生

十薬の古道灯して閑かなり

明易の弥勒菩薩の艶光

空域を舐めるがごとく鬼やんま

屋根にのる素足の子供遠嶺星

キャンプの夜カムパネルラと二人旅

白樺の幹を染め分け夕白雨

町の川青大将の朝帰り

花魁の目は笑はずに曼珠沙華

古書店に出会ひし本やいわし雲

野に球を打ちたる子規や晩夏光

天高し嘶き遠き馬頭尊

噺きの府中助郷天高し

終戦日海の底よりあまたの眼

父は吾を肩車して終戦日

桝角に塩溶けだして新走り

虫売りの主人の黙に人寄りぬ

白鳳の仏頭にある秋思かな

豚まんの湯気に誘はれ冬来る

火矢をもて焼かれし尼寺や虫時雨

あきあかね群れて音なき城址かな

小春日やひかり透けゐる猫の耳

水低き通船堀や木守柿

歪みたる硝子格子や辛夷の実

鳥も木も風も影成す冬障子

噴きこぼる松茸ごはん父遠し

冬銀河水の星より振り仰ぐ

首青き大根に狭き猫車

万灯の明りこぼして秋惜しむ

ひれ酒の炎にぽつと父の顔

冬銀河被りて佐渡の深眠り

父母の写真色あせ煤籠り

あめつちのものにて吾は去年今年

Ⅶ

螢狩

二〇一四年

千載の土の声聞く鍬初

丸椅子に正座する児の雑煮膳

人日や湯気のむかふに来迎図

雪原に身を投げてゐるもう一人

恩師への便り戻りて寒の入り

ぶり大根北には北の風の音

荒ぶるものたりとゐるも春の海

父母に会ひに行きたし春の雪

探梅や日向に遊ぶ烏骨鶏

逆縁の子を連れてゐる夕遍路

ほくほくと土の息して沈丁花

鶴引くや湯のみ二つの談話室

水分（みくまり）の社夏めき嬰の声

半跏坐の西行像や桜蕊

早蕨の奥駆道に休みをり

一杯の茶のあたたかし遍路道

天空を花の一片観世音

鎌倉に朽ちしやぐらや松の芯

駅舎より光となりて夏燕

和音もて亀の鳴きをり極楽寺

式部女の声聞こえしか藤の花

母のゐて父も来てをり螢狩

レコードの針擦る音や巴里祭

青梅雨や秘仏の手より赤き紐

梅雨晴や満月すつとビルの上

水分(みくまり)の神の階蛇のぼる

切り口に水噴く力初胡瓜

城跡のまろみたる石捩り花

暁の山沸騰す蟬時雨

霊山の森の御つかひ雨蛙

朝の日に叫ぶ快哉海紅豆

青闇を父も見てをり螢狩

白蓮のしじま酌むごと開きけり

かなかなやなほ考えてゐるロダン

逆立ちの大道芸や菊日和

かをりごと抱へおこすやたふれ菊

痩せ牛の柱齧れる月夜かな

銀杏黄葉ひかりの中に光散る

空蟬の無名戦士の墓の上

松風の音楽寺や曼珠沙華

月光の背なに重たき年忌かな

広大な地下空間や冬銀河

小さき田に小さき稲架や山暮るる

国境の海の荒さや鼻曲鮭（はなまがり）

草魂（くさだましひ）てふものに触れちちろ虫

結願の札所にぎはふ山紅葉

御社の土俵の罅や暮の秋

み空との接点光り木守柿

酉の市昼の手締めの上調子

どの影も前にまつすぐ冬木立

水桶に白菜の尻豊かなる

俳人の魂や熟れたる榠櫨の実

ややずれし体内時計春隣

かなしみのとけだしさうにうすごほり

こがらしの匂ひする子や駄菓子店

Ⅷ

花投ぐ日

二〇一五年

手の次に足を伸ばして初湯かな

草色の糸繰る手元春隣

ふはふはと生くと米寿や春の雪

水底のうをの潜み音うすごほり

三陸の鉄器の凸や春一番

歌洩るる介護施設や黄水仙

ホスピスの小窓開きをり梅の花

小さき手の祈り置くごと薯植うる

松 陰 の 志 と も 紅 椿

堂塔の屋根に猫ゐる彼岸かな

点てくれし御薄の泡の長閑なる

ほろほろと崩るる茶菓や花馬酔木

老ひとり不戦誓うて薯植うる

桜東風頰杖つきて車椅子

草の名を数多教はり新樹光

軽鳧の子の眼ひらきて母追へり

空を読む母の広げし梅筵

風通す土偶の眼立夏かな

チェロの音を風の連れ来る聖五月

父の日の海に花投ぐ日となれり

鉈彫の薬師三尊楠若葉

見上ぐれば風の色とも柿の花

梔子の花まはりさう六地蔵

潮の香の回り舞台や夏の雲

滴りの音のかすかに吾を打つ

羽古と畳みて逝けり黒揚羽

山房に風を撮るひと梅雨晴間

金網に囲まれ芥子の燃えてをり

残照のまつたき中を飛魚(あご)とべり

ゆふづつを見ては止まれる守居かな

合歓は実に彦乃は湖の向かふ岸

スクランブル交差点灼けて孤独の渡りをり

羅の飛び石伝ふ裾さばき

万緑や石に刻みし名のあまた

万の黙刻む礎(いしじ)や雲の峰

一瞬の絶対無音揚羽舞ふ

沢筋の日の斑拾うて青あげは

戦前の知らぬ間に来て炎天下

少年の地を蹴る速さ踊りの夜

ひとときの夢を生きをり敦盛草

四日目をいくつ重ねて古代蓮

けふもまた米研ぐくらしさるすべり

まことは無骨なるもの蔓茘枝

ひとむらの蓮花升麻や鰯雲

あかがねを掘りし山肌法師蟬

爪のみが眠りたる墓八月尽

身ほとりの母の写真と秋惜しむ

山頂にケルン積むひと赤とんぼ

なにもかも語りつくしてとろろ汁

月光に射ぬかれてゐる石切場

琵琶の音の庭渡りきて望の月

泣き濡れて父を撫でをり菊一花

この国は立憲国家螢草

御師の家の梁の太々冬夕焼

雑踏の上を熊手のひかり来る

立冬やジャム煮る音のふつふつと

朱竹の絵掛かる蕎麦屋や冬うらら

小流れにひかり落して烏瓜

雲間より日矢の一筋木守柿

熱燗の魂のすきまを落ちゆけり

けふひと日悔いなく生きて根深汁
目つむりて初湯に入れば父のこと

IX

荒神輿

二〇一六年

おほらかに生きてゆきたし初日の出

日と風と土ある暮らし若菜粥

さざ波を連れ行く風や柳の芽

灯のともるまでの横丁寒鴉

鬼もまた己がたましひ節分会

蕗味噌や父を鯖江におとなはむ

貝に座す小さき雛の寝息かな

生くることわけあふ雀水温む

水温む弁財天の鐃（にょう）の音

口あくも開かぬもいのち蜆桶

かたくりの花あかりして人待てり

行く春や風の電話に父呼べり

九頭竜川（くづりゅう）の飛沫くぐりて虻の声

さまざまな言葉飛び交ひ八重桜

白壁に物見の窓や新樹光

口々に地震（なゐ）を語りて種袋

そらいろの息吐いてゐる鯉のぼり

累々の魂を足裏に桜蘂

楠青葉いよよ目を剝く仁王像

巣づくりの泥の多さよ夏燕

あさく濃く風を染めをり藤の花

母はまた少女を生きて花海芋

笑ひつつ終ふ生ありさくらんぼ

除染なほ進まぬ大地蟬生るる

神に会ふ百の石階(きざはし)日傘ゆれ

神楽坂色のあふれて白日傘

潮の香を壁に掛けたる夏帽子

鮎の香や九頭竜川を串刺しに

手花火の果つる間際の艶光り

海光る瓦礫の町や荒神輿

鯉の背の水面迫り出て大南風

み吉野の森ふくらませ夕河鹿

墓洗ふひとの撫で肩夢二の忌

鉄骨に太き鋲打つ大暑かな

橋影を小魚（うを）の群れや夏の雲

黒楽（くろらく）の濃茶の泡や野分晴

大潮の冥きをのぼり海月かな

億年の二秒を燃えて流れ星

知恵の輪をかちと外せり鳳仙花

裸婦像のいろなき風をまとひけり

牛の仔の生るる声して望の月

月光のきらめき落ちて砂時計

青梅街道荒ぶり渡る神輿五基

子の夢は遠くにあらむ木の実独楽

幻戯山房川より暮れて花芒

ちちろ虫汝れに越前訛りかな

ふるさとは石にもありて水の秋

きびなごの黒き眼や秋闌る

滾るもの抑へきれざる石榴の実

汝(な)には汝の吾(あ)には吾の色柿紅葉

空港にハグする別れ初時雨

肩に顔預けて寝る子小六月

母の忌の座布団増えて小春かな

葱一寸カレー饂飩に光りたり

骨壺をもろ手に包みすきま風

古木には古木の色気冬萌ゆる

湖風を余さず吸へり懸大根

大道のフォルクローレや冬うらら

煤逃げや鉄道模型走り出す

ふろふきの螺鈿の箸に崩れたり

古書店の消えたる町や寒雀

鰰の流紋風に吹かれをり

X

冬樹の芽

二〇一七年

沈むこと知らぬ舟あり初湯かな

濡れしまま海をのぼれる初日かな

力石かすかに浮きて霜柱

再生の億の細胞冬銀河

九頭竜(くづりゅう)川のはるけき蛇行風光る

ひむがしの海を屏風に吊し雛

一村を押し黙らせて雪崩音

行く方に弥陀は在すと臥竜梅

空木となりて自在や梅の花

相輪（さうりん）に春三日月の舫ひたり

水底を風の吹くらし海雲桶（もづくおけ）

ふらここやカムパネルラは河向ふ

韓国二句

チマチョゴリ溢るる宮居うららけし

道問はば手を引きくれて花ミモザ

手のひらに木の聲聞きて櫻守

まなざしは子をみるごとく櫻守

甘納豆懐紙に享けて春燈

母よりの文房四宝糸桜

崖（はけ）水の細くひかりて二輪草

行く春や東尋坊は響動（とよ）もせり

豆腐売りの桶の銅（あかがね）木の芽風

ビル街の空の凹凸つばくらめ

指先に土の香立たせ野蒜引く

広口の花器に坐らせ紅牡丹

光太郎の手首光りて柿若葉

海望む白き観音余花の雨

一夜鮓波あをあをと九十九里

越前に母は帰ると落し文

玫瑰や灯を高々と女神像

番ひつつ葉裏の闇へ糸とんぼ

丸き葉を宇宙としたり雨蛙

かはほりや岸辺あかるき神田川

河童忌や大地の色となりて蟇

抑止力てふ危ふき力広島忌

母もその一花となりて夕花野

虚貝手に二つ三つ終戦日

出自より今を語らむましら酒
ちち色の翅ひからせて蟬生る
庭先に野の風呼べる薄かな

ヨーデルの裏声はるか秋の天

藁屋根の葺き替職人小鳥来る

生れ出づる哀しみ知らず花カンナ

ネクタイは父のお下がり小鳥来る

断崖を風吹きあげて新松子

一盞に父の声聞き雁渡し

和蠟燭ほのほたゆたふ十三夜

邯鄲の闇の奥より呼び掛くる

独り居の夜は豊かぞ落花生

一刀に魂込む仏師灯冴ゆ

風音をざばと吐き出し破芭蕉

この面で生くる他なし榠樝の実

小額を心に詫びて時雨雲

尾鰭もて朝日跳ね上ぐ鯨かな

鳥影の鮮らけき夕木守柿

礼拝堂出で来る黒衣冬薔薇

電飾の木は熱もたず憂国忌

折れ伏すも立つも舞踏や破蓮

金継ぎの痕ある盃や灯冴ゆ

煮凝や父の戦死を知りし朝

悼　鎌倉好宏さん

呼ぶ妻に応へし瞼寒オリオン

ストーブの赫赫燃えて出席簿

言の葉の詩に立ち上がり冬樹の芽

生き方を逝き方を言ひ日向ぼこ

極月や子の送りきし貝を焼く

解説

解説

日常と彼方に祈りを捧げる豊かな内面世界

鈴木光影

齊藤保志第一句集『花投ぐ日』は、齊藤氏が俳句を始めてから十年間の節目として出版を決意された。句集は一年ごと、十章に分けられており、氏の俳人としての十年間の歩みが窺える。多くの俳人が俳句結社に入会し特定の主宰の選や指導を受ける中、氏は特定の結社には属さず、いくつかの超結社句会へ出向いていくことで自らの俳句を研鑽してきた。きっとそれぞれの句会やそこで出会った俳人達の良い部分を吸収し糧として、俳人齊藤保志が形作られてきたのだろう。そのことは本句集を読み進むうちに感ずる、氏の精神の自由さ、また根源的な素直さからも読み取ることができる。

齊藤氏は、身近な小さい存在を慈しみ、そこで自らの立ち位置を確かめ、遠く彼方の届かない存在へ祈りを捧げる俳人である。対象を客観的に描写するという意味での「写生」に留まることなく、自らの彩り豊かな内面世界を俳句に表現している。そこには何気ない日常に喜びを発見し、小さな存在の悲しみに寄り添う、一人の人生がある。

路地裏にパン焼くかをりさくら草
何事もなきを祝ひて雑煮の座
つまよりの紅葉一葉栞とす
ランドセル少し膨らみ柿若葉
花散れば身に降りそそぐ光とも

句集巻頭句でもある一句目、齊藤氏の俳句的感性には、「路地裏にパン焼くかをり」やそこに息づく「さくら草」という日常のささやかな幸福への気付きがある。「何事もなき」「つまよりの紅葉」「ランドセル少し膨らみ」も同様である。また「花散れば」には、散っていく桜の花を自らへのメッセージとして受け取り、「光」に変換する豊かな身体感覚がある。またそんな齊藤氏の眼差しは、必然的に小動物への親しみとしても向けられていく。

蟬生れて七日ほどなる大宇宙
かなかなや笑ふことなどあるらしき

とびかたを風に教はり初蝶来

薄紙を解かれて雛の深呼吸

「大宇宙」「笑ふことなど」「風に教はり」には小動物の世界へ肉薄していく好奇心、発見、喜びがある。「雛」は小動物ではないが、薄紙を解かれた瞬間の雛に「深呼吸」という命を与えたという意味では、齊藤氏の繊細な直観の対象は生物・非生物を超えている。

またそのような感性の源流となっている仏心的俳句も齊藤氏の特徴の一つである。

海原になむあみだぶつ夏落暉

凍堂にしかと続ける二河白道（にがびゃくどう）

思惟仏や泰山木の花明り

一杯の茶のあたたかし遍路道

「凍堂」「思惟仏」などの仏堂・仏像を対象に詠まれている句もあるが、「夏落暉」や「一杯の茶」といった自然や身近な事物の中へも仏心を感じ、祈りを捧げる。

身に入むや父の遺せし応召記
いまだ見ぬ父眠る島梅雨の蝶
父母に会ひに行きたし春の雪
ひれ酒の炎にぽつと父の顔
父の日の海に花投ぐ日となれり
母はまた少女を生きて花海芋

齊藤氏の御父上は先の戦争でフィリピン島へ従軍し戦死され、そのあと御母上が女手一つで氏を育てられたと聞いている。幼少期のおぼろげな記憶に見る御父上への思慕と、戦後大変な苦労があったであろう御母上への感謝の念は想像に難くない。氏のその思いを察すれば、右の句への解説は不要かもしれない。句集題となった〈父の日の海に花投ぐ日となれり〉で父の日の贈り物の花が投げられた海は、作者の祈りを乗せて、時間と空間を超えて御父上へとその思いを届けてくれたことだろう。

最後に、とある超結社句会を御一緒する俳友の一人として、齊藤保志氏の第一句集『花投ぐ日』刊行をお祝いしつつ、俳人として益々のご活躍を期待申し上げる。

あとがき

この度平成二十年から二十九年までの十年間に詠んだ俳句をまとめ、句集『花投ぐ日』を上梓することにいたしました。

会社を定年退職後、精神的にも健康でいられる方法を考えていたところ、偶然杉並区報で明治大学の社会人向けの俳句講座（「俳句大学」西山春文教授）の生徒募集の記事を見つけ、応募したことが俳句との出会いになります。

俳句については全くの素人であり、西山先生には俳句のイロハから教えていただきましたこと、改めて感謝申し上げます。受講を続けていくうちに、だんだんと俳句の面白さにはまり、大学の長い夏・冬休み期間中に詠んだ句も誰かに見てもらいたいという気持から町の様々な句会にも顔を出すようになりました。

立花藏さん、鎌田俊さん、林誠司さん、遠藤若狭男さんなどなど、どなたがどの派に属しているか、日頃どういう句を詠まれているかなど全く知らぬまま、自分の予定で空いてさえいたら、その方の句会に参加させていただこうということで、沢山の方の句会に参加させていただき現在に到っております。また、保志（ほし）という俳号は、角谷昌子さんに命名していただきました。

これらの俳句の先生方には、毎回懇切丁寧なご指導、忌憚のない評、励ましをいただき感謝に堪えません。また、これまで、句座を共にした多くの先輩、句友にも感謝いたします。これからも自然、人、ものへの思いを深め、感謝の念を忘れず俳句を作り続けていきたいと思います。

コールサック社の鈴木比佐雄氏には編集をしていただいたばかりか、帯文まで賜り、鈴木光影氏からは解説文を賜りました。さらに戸田勝久氏からは装画として、夢の溢れる「旅の風」の絵を使用させていただきました。心より御礼申し上げます。

そして、句会後の懇親会、吟行と称しての観光？旅行をいつも大目に見てくれ、陰で支援し、励ましてくれた妻にも感謝いたします。

二〇一八年五月　　齊藤保志

齊藤　保志（さいとう　ほし）略歴

本名　齊藤秀明

1942 年　東京生まれ、すぐ父母の郷里である福井県に疎開

2008 年　サラリーマン生活を卒業後、明治大学俳句大学入学、以後沢山の方の句会に参加

住所　〒 166-0012
東京都杉並区和田 1-10-16

COAL SACK 銀河俳句叢書 1
齊藤保志 句集『花投ぐ日』

2018 年 6 月 24 日初版発行
著　者　齊藤　保志
編　集　鈴木比佐雄・鈴木光影
発行者　鈴木比佐雄
発行所　株式会社 コールサック社
〒 173-0004　東京都板橋区板橋 2-63-4-209
電話 03-5944-3258　FAX 03-5944-3238
suzuki@coal-sack.com　http://www.coal-sack.com
郵便振替　00180-4-741802
印刷管理　（株）コールサック社　製作部

＊カバー・大扉装画　戸田勝久　＊装丁　奥川はるみ

落丁本・乱丁本はお取り替えいたします。
ISBN978-4-86435-347-2　C1092　￥1500E